Tableaux Modernes

AQUARELLES, PASTELS

DESSINS

Mᵉ Gaston **FRANÇOIS**

COMMISSAIRE-PRISEUR

23 — Rue Le Peletier — 23

M. F. MARBOUTIN

EXPERT

2 — Rue de Marseille — 2

CATALOGUE

DES

Tableaux Modernes

AQUARELLES, PASTELS, DESSINS

PAR

G. Anglade, Boggs, E. Boudin, A. Cesbron
Charpin, Chrétien, de Condamy
Damoye, H. Dupray, Giran Max, Guillaumin
Guillemet, C. Guilloux, Kœmmerer
Lazerges, Lebourg, Luminais, J. Le Roy, Mita
Palizzi, Ribeaucout, Ribot, L. Richet
C. Troyon, Vogler, Sisley, A. Stevens, A. Suréda, etc.

DONT LA VENTE AURA LIEU

HOTEL DROUOT — SALLE N° 9

Le Mardi 19 Décembre 1905

A 3 HEURES

<table>
<tr><td>Me Gaston FRANÇOIS
COMMISSAIRE-PRISEUR
23 - Rue Le Peletier - 23</td><td>M. F. MARBOUTIN
EXPERT
2 — Rue de Marseille — 2</td></tr>
</table>

EXPOSITION PUBLIQUE

Le Lundi 18 Décembre 1905, de 2 heures à 6 heures

CONDITIONS DE LA VENTE

La vente sera faite expressément au comptant.

Les acquéreurs paieront 10 o/o en sus des enchères.

Paris. — Imp. C. Chaufour, 8-10, rue Milton

DÉSIGNATION

TABLEAUX MODERNES
AQUARELLES — PASTELS — DESSINS
(appartenant à MM. F··· et C···)

TABLEAUX
BOUDIN (E.)

1 — Les Dunes (Deauville).

BRENDEL

2 — La Gardeuse de moutons.

CHARPIN

3 — Aux champs.
4 — Pâturage.

CHRÉTIEN (R)

5 — Nature morte.

CONDAMY (de)

6 — Attelage à quatre.

COUSSEDIÈRE

7 — La Seine à la Frette.
8 — Effet d'automne.

DUPRAY (H.)

9 — Charge de cavalerie.

GEOFFROY

10 — Femme de pêcheur.

GUILLAUMIN

11 — L'Hiver.
12 — Pommiers en fleurs.

GUILLOUX (C.)

13 — Bords de la Seine à Herblay.

INNOCENTI

14 — Sujet Louis XIII.

LEBOURG

15 — La Seine près Rouen.

LE ROY (J.)

PALIZZI

ROBBE

TROYON (C.)

VERNON (P.)

VOGLER

AQUARELLES, PASTELS

DESSINS

CAGNIART (E.)

28 — La Seine au pont de la Concorde.

GALLIEN-LALOUE

29 — Notre-Dame.
30 — La Porte-Dorée.
31 — L'Eglise Notre-Dame.

GUILLOUX C.)

32 — La Seine à Issy.

SISLEY

33 — Effet de neige.

SOMM (H.

34 — Rêverie.
35 — Jeune femme.

VERNET (H.

36 — Portrait (Etude,.

TABLEAUX MODERNES
AQUARELLES, PASTELS, DESSINS
(appartenant à divers).

TABLEAUX

ANGLADE (G.)

37 — Le Coteau fleuri.

BOGGS

38 — Marée basse à Grandcamp.
39 — Barques de pêche.

BOICHARD (L.)

40 — La Promenade des cardinaux.

CESBRON (A.)

41 — Cour de ferme.
42 — Panneau décoratif.

CHALON (L.)

3 — Rêverie.

CHARPIN

44 — Moutons au paturage.

DAMOYE (E.)

45 — Bords de l'Oise.

DUPRAY (H.)

46 — Général. Second Empire.
47 — Au bivouac. 1870.

FLAMENG (A.)

48 — Une rue à Villefranche.

GIRAN-MAX

49 — Le Verger.
50 — Les meules.

GUILLEMET (A.)

51 — Les Moulineaux.

INNOCENTI

52 — Intérieur.

JOUBERT (L.)

53 — Le Forum.

KAEMMERER (F.)

54 — Fantaisie.

LAZERGES (P.)

55 — Paysage à Biskra.
56 — En Kabylie.

LE ROY (J.)

57 — Une intruse.

MITA

58 — Une rue à Montmartre.
59 — Le Soir.

PAIL (E.)

60 — Le troupeau de moutons.
61 — Moutons au pâturage.

PALIZZI

62 — Chèvres.

RIBEAUCOURT

63 — La rentrée des bateaux à Petit-Fort-Philippe.
64 — Gravelines.
65 — Appareillage à Petit-Fort-Philippe.

RIBOT

66 — L'écaillère.

RICHET (L.)

67 — La mare.

ROQUEPLAN (C.)

68 — La grande sœur.

STEVENS (A.)

69 — Marine.

SUREDA (A.)

70 — Une rue à Tanger.

VERNON (P.)

71 — Le Caire.

VÉRON (A.-R.)

72 — Environs de Fontainebleau.

VOILLEMOT

73 — Groupe d'enfants sous bois.

AQUARELLES, PASTELS

DESSINS

BOUDIN (E.)

74 — Marée basse.

CAUCHOIS (H.)

75 — Chrysanthèmes.

DUPRAY (H.)

76 — Officier à cheval.

GUILBERT

77 — Cardinal.

HAWKINS

78 — Sur la Seine.

LUMINAIS

79 — Etudes (Bretagne).

80 — Paysans bretons.

RIBOT (Th.)

81 — Descente de croix (dessin plume).

ROSIER (A.)

82 — Venise.

BOLDINI

83 — Jeune femme (épreuve en couleurs).

www.ingramcontent.com/pod-product-compliance
Lightning Source LLC
LaVergne TN
LVHW021621170726
843501LV00010B/4095